KB132197

사람은 왜 만질 수 없는 날씨를 살게 되나요

최현우 시집

문학동네시인선 132 최현우

사람은 왜 만질 수 없는 날씨를 살게 되나요

시인의 말

슬프고 끔찍한 일들은
꼭 내가 만든 소원 같아서
누군가 다정할 때면 도망치고 싶었다.

망가지지 않은 것들을 주고 싶었는데,

스물의 나를
서른의 내가 닫고서

턱까지 숨이 차서 돌아가면
당신이 늘 없었다.

2020년 3월
최현우

차례

2부 조금은 더 너랑 살 수 있겠지만

1부
나는 모르고 모두가 보는

천국

하늘에서 하얀 섬광이 번쩍거렸고
연기가 피어오르는 구멍을 가진 사람들이
믿을 수 없다는 듯
그 속으로 손가락을 넣어보고 있었다

비문증

먹구름이었다가 점점 날벌레가 되었다 오른쪽으로만 날아다니는 그림자가 생겼다

늦골의 어느 틈에서 소란스러운 날개가 돋아나는 꿈을 꾼다

키우는 개가 모기를 쫓고 있다 외눈이 되어서야 세상이 가까워졌는데 몸은 혼자 멀리 간다

안대를 풀고 상처를 지웠다 오른쪽이 돌아왔는데

개가 나를 쫓는다 눈가에 코를 대고 냄새를 맡는다 꼬리를 세우고 허공을 뛰며

컹 컹 컹,
무언가 남아 있었다

지독한 자세

아주 무거운 사랑이라고

그리스 남부에서 발굴된 남녀의 사인은 질식사
터져 넘친 지층, 화산재의 압력 속에서
육천 년을 사랑하다 아직 못한 사랑이라고
서로의 뼈를 끌어안고 썩어버린
화석, 공포를 허우적거리다가
두 인간이 만들어버린 하얀 양각이
사랑이라고

아름답다,
말하는 사람들이 우글거렸다
전시장 구석에서 귀가 짓눌리고 있었다

물을 뿌리면 찰나에 날아가는 비둘기
하늘이 쏟아지는 잠을 자면
피할 수 없는 일들이 일어났고

조금씩 베어먹으면 오래 먹을 수 있다
그렇게 말하고 전부 남기고 간 사람의 크기만큼
몸을 옆으로 접어 비워둔 침대 위

혼자서도 복제한 포옹

외연의 핏줄이 다 터진 밤이
곁으로
탈골된 달빛을 밀어넣는다

지독한 자세
수억만 년 압축한 태양 밑에서
계속 눈을 뜨고 있다는 건

나는 모르고 모두가 보는
투명한 골격이 옆구리를 포개고 있다는 건

젓가락질 가운데

청춘의 핏물이 쌀뜨물이었노라 가르치는 사람 때문에 밥
먹기 싫어졌다
그날부터 잘못된 젓가락질을 연습했다

식당에 혼자 앉아 있으면
왜 꼭 의자가 하나 더 있는지
같이 있고 싶은 사람도 없는데
밥을 먹어도 허기가 돋는지

그럴 땐 저녁을 관찰한다
세상의 혈관이 보이지 않을 때까지
멀리 가는 자의 뒷모습이 묻혀
배고픔을 잊을 때까지

시간은 피의 종류
하늘이 걸쭉해진 밤
골목이 뒷덜미를 드러낸다
내가 지구의 혈액을 조금 빤다고 해도
아무도 모를 거라고 생각한다

입을 먼저 들이대는 습관은
사랑과 살의를 혼동하는 것
사람이 가르쳐준 예절은

피가 아니라 쌀을 먹는 법

불을 끈다
방구석에 앉아 무릎을 당겨 얼굴을 묻는다
혼자서,
깨물어보고 싶은 사람이 된다

거짓말

내가 그랬어요, 그애는 나빴고, 지켜주고 싶은 사람이 있었어요, 세제를 탔어요, 물병에, 내가 그랬어요, 죽이고 싶었어요

없는 아들이 불쑥 말하고
침대에서 튀어나와 현관을 열고 유치원으로 갔다
어린 아들과 아들의 어린 친구는
손을 잡았다 어른처럼
울기 시작한 아이들의 앞에는 다른 아이가 쓰러져 있고
백발이 자라고 있었다

(죽이고 싶었니? 정말 독을 넣었니?)

다친 아이를 싣고 가는 구급차 안에서
아들이 대답 없이 친구를 더 꼭 안았고
그 작은 애인이 나를 무서워했다
나를 무서워하는 친구를 끌어안은 나의
없는 아들 쪽으로 길이 가라앉고 있었다

주먹으로 때리고 발로 찼어요, 가위로 몰래 머리를 자르고, 울면 웃었어요, 선생님에게 들키지 않았어요, 그애는 나빴고, 지켜주고 싶었어요, 힘이 세니까, 죽이고 싶었어요, 미안해요, 내가 그랬어요

(죽이고 싶었니? 정말 때렸니?)

돌아온 집에서 아들은 계속 울었다
말랑말랑한 눈물이 내 손을 잡고 놓지 않았다
지켜주세요, 제발 지켜주세요
같이 울던 친구를 돌려보내자 아들은 사라졌다

새치를 모조리 뽑고 잠이 들어도
아침이면 흰머리가 자라기 시작했다
아들이 밤마다 다가와 울고 있었다
나를 단단히 끌어안고 놓을 수 없다는 듯

실려간 아이가 마신 물에서는 아무것도 나오지 않았지만
영원히 돌아오지 않았고
어떤 울음소리가 웃으며 내 흰머리를 하나씩 세고 놀았다

멍

한 알의 사과는 냉장고 속에서
아주 잠깐씩만 빛으로 풀려나오다
다시 어둠에 갇히며 썩어버렸다

아니, 그전부터 사과는
더이상 사과의 바깥으로 나가지 않기로 결정했을 것
그래서 사과는 냉장고 속 어둠보다도
어두운 사과를 알고 있었을 것

꿈에 복수(腹水)가 가득찰수록
웃음이 점점 얇아지고
먹지 않아도 배가 터질 것 같았다

냉장고에서 사과를 꺼낸다
더 썩을까봐 먹으려던 사과를
누군가 이미 먹고 있다

사과의 밀봉을 뚫고 흘러나오는
사과의 피 묻은 얼굴

벽시계 옆, 뚫린 창밖으로
이름 모를 새가 초침 소리를 내며
지구를 가르고 있었고

너는 나를 떠나지 않았으므로

밤이 온다

코

아이는 사람의 밥과 사람의 말과 사람의 그림자를 따라 했
다 아이는 품에 안겨 잠이 드는 사람의 이마에 키스할 때 상
처를 내는 자신의 입술이 싫었고 사람의 눈물이 묻으면 썩
어버리는 피부를 대패로 밀어 잘라낸 입술과 함께 자루에
담아두었다 사람은 아이를 데리고 항구로 갔다 방파제에 앉
아 별이 떨어졌다던 먼 섬을 가리켰다 고뇌하던 아이는 집
으로 돌아오던 길에 발목이 부서졌고 그때 깨달아 매일 바
다를 마시고 정강이를 부러뜨려 모아두었다 아이는 자신의
다리들을 줄로 엮고 모아둔 피부를 바르고 뱃머리를 입술로
장식하여 작은 조각배를 만들 수 있었고 배를 선물 받은 사
람은 기뻐했으나 저어갈 노가 없었다 아이는 아무리 거짓말
을 해도 길고 단단한 코를 가질 수 없었고 상심한 아이는 사
람에게서 도망쳐 나는 왜 사람이 아니냐고 소리지르고 다녔
다 어느 날 사람은 미움을 받아 세상에서 숨어버린 아이의
집을 찾아갔다가 침대 위에서 절대 부러지지 않는 길고 튼
튼한 노를 발견했다 사람은 아이가 먼 섬으로 갔을 것만 같
아 항구에 조각배를 띄우고 그날부터 노를 젓기 시작했다

우리는 한 번쯤
피노키오를 타고 떠나왔다

겨울의 개

눈 오는 날, 개는 불러도 오지 않는다
발자국을 물고 뛰어오려다 자꾸 놓친다
내가 잃어버린 줄 알고
나를 잃어버린 줄 알고

회벽

유목을 멈춘 이후로 벽이 발명되었다
그때부터
밟혀서 지워지지 않도록
사람은 기억을 벽에 옮겨 보존하기 시작했다

하나의 전시를 철거하고 나면
차고 흰 벽에는 못 구멍들이 남았다
한 점으로 흘러나오는 벽의 내부
밀도 높은 어둠이 근육이라는 걸 알았다

다음, 다음으로
전람회는 열려야 하기에
벽은 회복을 시작하고

통증을 빻아 만든 가루
시간에 불행을 섞어
한 움큼 집어 바르고
모르는 거리에서 몸을 말리면

지구도 지구를 교체하기 위해
재앙을 사용한다는 것을 알게 된다
새벽을 펴 바르며
간밤의 별자리를 문질러 메우는 손

나는 복원되지 않는다
무수하게 뚫고 메우다보면
처음의 벽은 이미 사라진 벽
우리는 어둠을 갱신하며 서 있다

각자의 것은 각자에게로*

이곳엔 아무도 없다

사람과 사람의 유일한 희망이
형벌을 나눠 가지는 일이라고 믿고 살았을 때

늦은 밤 돌아오는 이를 위해
식탁 위에 촛불을 밝혀두고
불편한 잠을 껴안았을 때
현관 여는 소리를 기다리던 이곳엔
이제 아무도 없다

당신이 나의 죄는 아니었지만
당신을 생각하며 참회하던 날들

가두어 기도를 시키면
기억의 안에서 기억을 먹다가
모두 죽어버린 날들

나는 나를 길들이기 위해
심장을 낭비했고

아무도 없다
처음부터

당신은 당신이 아니고
나는 내가 아니었다

열리지 않는 죄
모든 노래가 다 찬송가였다

* "Jedem das seine." 독일 부헨발트 나치 포로수용소 정문에 적혀
있다.

환상 게임

우리가 어디에서도 확인되지 않습니다
레토르트의 승리는 밀폐에 있기 때문입니다

오래 만난 사람이 악인이 되었습니다
몇 개의 유리 조각이 냉장고 밑으로 사라졌고
기억보다 기록을 사랑한 자들
사건을 증명하였으나 표정을 삭제했습니다
내내 차가워지던 그때의 목소리를 족적으로 찍어놓고
쪽창 너머로 나가지 못하는 슬픈 혀
우리는 서로보다 조금 더 아픈 체질입니다

죽어버린 개미를 다른 개미가 주워 갑니다
이제는 알게 되었을까
죽음에도 페로몬을 꽂는 이유란, 그대여
어떤 싸움으로 우리는 빈 탁자에 앉아 있게 되었을까요
길 위에서 많이 죽었던 고양이 한 마리
내 혓바닥을 신기하게 봅니다

김밥

소풍날마다 김밥은 싸주지 않았다. 볶음밥이 전부였다. 나는 왜 김밥을 싸주지 않아요? 그러자, 너 손가락은 괜찮니?

친구의 김밥은 너무 맛있고 소시지가 아무리 많아도 볶음밥은 맛이 없다. 이제 내게도 김밥을 주세요. 단무지와 햄과 맛살이 들어간 볶음밥을 볶으며, 부엌으로 오지 마라. 절대로 오지 마라.

너의 손가락을 자른 적이 있다. 남들과 다른 손가락을 만들어주어 미안하구나. 세 살 때, 부엌이 없어 거실에서 김밥을 썰다, 소풍을 가려다, 너를 자르고 말았구나. 아직도 너의 손가락이 잘 붙었는지 걱정이 되는구나.

나는 한 번도 나의 손가락을 의심해본 적이 없었는데.

이제는 부엌이 좁아도 되잖아요. 그래도 여전히, 부엌이 큰 집 아니면 살기가 싫었는지 도무지 돌아오지를 않고

혼자서 이불을 몸에 말고 울다 김밥을 사서 먹는 밤. 결국에 떨어지고, 붙었다가, 떨어진, 그 밤.

지금도 아이와 검은 봉지를 품에 안고 빗속을 뛰다 비탈에서 넘어지고, 구르는

어린아이의 것

기억해? 처음으로 잠자리 잡아 놀던 날
머리를 만지려다 손가락 물리고 화가 나
날개를 다 뜯어버린 날
손바닥 위에서 육체가 꿈틀거리는 모습
귀여웠지

지금도, 주먹을 쥐면 포개지며 다리가 자라는 손금들
버둥거리며 손을 간질이고 펴면 사라지고 마는
그 잠자리를 아직도

기억해? 침대에 오래 누워 이불을 구겨놓았지
허우적거리며 쓸모없어지는 다리들
징그러운 내가
매일의 밤이 밤마다 새카맣게 모여 하나의 굵은 몸통이
될 때
벌레가 되어버릴 때

몸을 접고 웅크리면
목구멍을 기어오르는
잠자리들

날개를 모으지도
몸통을 모으지도 않은 우리

그냥 내다버리고 깔깔거린 우리
그래도
천국에 가고 싶던 우리

한 번도 깨물어보지 못했는데
신은 웃지
가까이 들여다보면서 웃지

두꺼운 괴물이 되어 목구멍을 틀어잡으면
대답할까
무언가 놓칠까 주먹 쥐게 하면
대답할까

기억해? 나, 기억해?
당신은 언제쯤 다 자라
천국에서 비켜줄 생각이야?

남다, 담다

남겨진 것에 뚜껑을 덮으면
담겨진다

시간을 나눌 줄 몰랐던 때에
밤은 하루를 닫기 위해 덮어버린 절대적인 손바닥이었다
주술을 하는 사람들은
불을 지펴 어둠을 밀어내며 신의 일부를 연다고 믿었다

겨울이 오고
모든 겨울이 오고
그때 맞았던 어느 뜨겁던 눈이
오늘의 뺨에 붙어 필사적으로 녹고
나눠 먹었던 캔커피를 쥐던 때처럼
턱밑으로 두 손을 모으고

그렇게
증발이 없는 열을 껴안고

건드리지 않았는데 컵이 떨어져 깨지면
눈물을 닫아야 할 때

액체가 된 날과
고체가 된 날

아무리 주문을 외고 제사를 치러도
나는 나에게서 불현듯 쏟아진다

영혼에 홈이 가득 패어 있는 사람은
매일 밤 마음과 시간을 반대로 돌려 끼우려 했던 사람이다

면도하는 밤

날씨는 태어난 곳의 기억을 버리지 않는다. 허공의 봉합선에서 구름 몇 가닥 풀려나오고 병실 밖 하늘을 보면 지구도 아픈 곳 같다. 간호와 감호의 차이가 모호해지는 밤. 병원 건물이 지상과 하늘 사이에서 자꾸 짙어진다. 어린 날, 아버지의 면도가 부러웠던 때, 몰래 따라 하다 인중에 생긴 흉터가 입술을 누르는 시간. 이 밤에 빨리 수염을 밀어달라는 아버지를 앉혀놓고 달빛이 날카롭다. 창밖으로 면도칼이 지나간다. 아버지는 날씨를 뒤집어쓴 듯 먼 곳을 향해 식어가고 있다. 인중 앞에서 애를 먹는다, 줄곧 만져본 적 없는 저 얼굴. 아침마다 잘 깎아놓아 대리석 기둥 같던 얼굴. 모국어가 그리운 사람처럼 말이 없다, 오늘, 아버지의 인중 속에서 몇 마리의 구름을 보았다. 돌산을 오르고 있었다. 구름의 길은 사람이 가지 못할 곳, 몇 마리는 오르다 떨어져 죽은 곳, 멀리서 보면 길인 줄 모를 곳, 오래된 발굽 자국이 꽃으로 보이는 곳. 침상 위로 하얀 편자 하나 떨어진다. 셰이브 크림의 냄새만 싱싱하고 옆으로 누운 아버지는 짙어지고 있다. 그 모습을 몰래 따라 하고 싶었다.

2부
조금은 더 너랑 살 수 있겠지만

물구나무

오래전부터 두개골은 완벽한 그릇이었다
처음 죽은 인류의 머리를 받아들고
물가에서 장례를 치르던 자의 생각
이것으로 물을 떠 마실 수 있겠다,
두 손보다 많은 음식을 쥐고 먹을 수 있겠다,
그렇게 그릇을 발견한 자는
짐승을 죽일 때 머리를 때리지 않았다

설계자의 심중은 모르더라도
그는 야바위꾼
그릇들의 춤이 보고 싶었을 것
머리를 땅에 박아대는
인간들, 인간들 보며
한바탕 웃고 싶었을 것

휘젓는 손을 시간이라 부를까
이리저리 엎어져 있게 하다가
내내 감추고 있게 하다가
딱 한 번 뒤집어버리는

바닥으로 계속 엎지르면서
국물 위로 두부 한 조각 실어보내고
싱크대 구멍 속으로 발이 빠지며

홀로 이가 나가고
쏟아지고 있는, 쏟아버리고 마는

그러니 거꾸로 서서 울어볼까
몸속에 정화수 한 사발 차오르도록

누군가 비웃다가 기어이 화낼 때까지
거꾸로, 거꾸로 서서

어디가 망가졌는지
곡예는 죽음을 건드리고 오는 일

물이 샌다

기로

밤늦게 불광천 징검다리를 건너다 발이 빠졌을 때 한낮의 오리들을 생각했다 차갑게 밀려드는 물의 감촉, 어두운 몸에서 오른발만 환해지는 동안 오리의 식탁에 함부로 침범하는 느낌을 생각했다

"한 번쯤은 취해서 빠지게 될 거야" 작년 여름의 예언을 기어코 실행한 오늘, 매부리코와 수정 구슬, 별과 구름과 찻잔 속의 찻잎 없이도 당신이 나의 모양을 예감할 수 있었다니

오리가 나를 먹어치울 수는 없을 것이다 울음소리로 당신의 목소리를 쫓아낼 수도 없을 것이다 사람의 발 하나가 물속에 남아 오리의 꿈을 매일 밤 악몽으로 끌어가면 그들은 아침마다 물속에 얼굴을 처박고 더러운 신발과 신선한 물고기를 구별하는 일을 계속할 것이다

젖지 않은 부분과 젖은 부분이 개천을 함께 건넌다 그때, 물가에 앉아 담가두었던 발이 당신이었는지 나였는지 기억나지 않고

오른발이 빛나는 동안 비로소 제대로 걸을 수 있게 되었다고 생각했다

딱 한입만 더

병든 손으로 나를 밀칠 때 그 힘이 당신의 것이었는지 병의 것이었는지 알지 못했고 할말이 생각나지 않아 가라 했으니 갔다가도 능청맞게 빵을 사오며 배고프지 하고 탁상을 펼치면 몇 입을 먹다가 피보다 어두운 피를 토하는 입가를 닦아주며 피에게서 당신을 닦아낸다는 생각을 할 때쯤 먹지 못하는 당신은 잠들고 혼자 일어나 당신이 먹다 남긴 소보로빵을 먹으며 당신이 베어물었던 자리에 입을 포개고 매일 줄어드는 한입이 어떤 보폭 같아서 오랫동안 세수를 하고 쳐다본 거울 속에는 이빨이 입술 바깥에 있는 입을 가진 내가 있었고 달의 너머, 누군가 너무 뾰족한 부리를 이곳으로 집어넣고 있었고 빛도 어둠도 없어진 밤의 표면을 출렁거리며 우리는 도무지 알 수 없는 냄새에 흘러내린 침으로 온몸이 젖고, 젖었고, 그러니까 우리 딱 한입만 더, 한입만 더 먹자고

티스푼처럼

욕조에 앉아 수도꼭지를 돌렸다
온수를 기다리는 동안
몸은 어디서 온도를 끌어오고 있을까
쉬지 못하고 들썩거리는 추
어디서 삼킨 걸까
보일러가 고장난 걸 모른 채 한참을 기다리는 동안

공중에는 두꺼운 손잡이들
이것저것 열어서 쏟아지는 빛들이 우리를 산화시키던 밤

스스로를 껴안고
부서진 조각을 녹여 붙이려다가
사람보다 먼 곳이 사람에게 용접되어버릴 때

뜨겁지 않을 때까지
천천히 버티는 거라고 말해준 이는 지금
시간 속에 가라앉아 무한하게 헛돌고 있다

찬물이 넘치는 욕조 속에서
이리저리 흔들리는 몸을 보며 앉아 있는 동안

굵은 심장 하나가 목에 걸려 있고
빨간 쇳물을 가득 토할 것 같다

수면 아래에서 온몸보다 무거워지는 발톱
발가락이 발가락을 찾으려고 애를 쓰고 있었다

컵

불행은 편지였다
언젠가는 도착하기로 되어 있고
언제 올지는 몰랐으므로

양말 속에 어떻게 들어갔을까
나의 바닥을 어떻게

길가에 앉아 구두끈을 푼다
상처의 방향으로 몸이 쏟아진다

모두 집어던졌었지
그때 깨진 컵은 내 살을 기다리며
서랍 속에서 뿔이 되었던가
젖은 신발 벗고
피 묻은 유리를 꺼내는 일
아픔은 꺼낼 수 없는 일

나의 바깥에서 떠도는 조각들을 기다려야 할까
발바닥 찌르는 날
하나도 남김없이 빼내서
다시 붙일 수 있다면
두 손으로 다시 쥐어볼 수 있다면

그때가 오면 컵이 나를 집어던질 수 있도록
팔목을 내밀어줄까
어둠 속에 앉아 있는 내 안부가
뾰족하게 자라도록

만월

내가 늑대 새끼다, 자신의 아비에게 그 말을 듣고 돌아온 아비는 이후로 늑대는 못 하고 개처럼 굴었다. 있는 것만 먹었으나 먹기를 멈추지 않았다. 하루를 절반으로 갈라 노는 일과 자는 일에 썼다. 빈 밥그릇을 인간의 탓으로 돌리며 소파를 물어뜯었다. 모든 손님을 도둑으로 알았다. 발톱을 뜯어 아무데나 버리고 스스로 꼬리를 잘랐다. 목줄을 끊고도 떠나지 않았으나 수시로 말뚝을 부러뜨렸다.

아비의 영정 앞으로 그의 아비가 왔다. 눈으로 냄새를 맡는가, 축축한 눈알. 몇 번이나 연습했는가, 슬픔으로의 위장술. 백발에 묻은 기름기는 어디서 훔쳐먹은 고기의 흔적인가. 아비의 아비가 나의 눈을 마주치는 동안 한쪽 시야가 찌그러졌다. 죽은 아비가 그 가운데 끼어 짜부라지고 있었다. 그날 밤에 혼자 숨어서 어금니를 뽑았다.

아비야,
모든 늑대 새끼들아, 나는
짐승을 내 안으로 격발하느라 피에서 화약 냄새가 난다.
나의 애완하는 괴물들아,
속죄는 죄의 다른 이름이 아니었던가.

달이 숨쉬며 코골다 진통하는 소리.
터진 양수가 빛보다 빠르게 쏟아져내려

사산아처럼
젖은 채 울지 않는 밤을 당신은 알고 있나.

주인 잃은 개

태어나 한 번도 본 적 없는 당신이
만약 돌아온다면
물어 죽이고
나도 내 혀를 썹으리라

사육

바람이 구름을 밀어 볕을 잘랐다 붙이며
방의 조도를 바꾸는 한낮

눈을 감았다 뜰 때마다
세상이 접혔다 펼쳐지는 줄만 알았다

목각 인형

죽은 다음에도 살에 살을 끼워 물고 놓지 않는다면
빛과 잠을 섞는 저녁의 흔들의자
팔꿈치를 받쳐놓아도 차갑지 않은 티 테이블
숨어 놀다 잠든 아이의 이불 장롱처럼
조금 더 너랑 살겠지만

삐걱,
한밤의 고요 속에서만 불현듯
저축한 시간이 뒤틀리며
어둠과 함께 부서지면
하루의 책상과 식탁과 침대
다만 내일의 가구와 그다음의 가구가 되어
나무와 나무를 닮은 기분이 되어
조금 더 너랑 살겠지만

어디로도 가지 않았는데 돌아가고 싶은
돌아갈 수 없는 사람처럼
물기 없이 말라붙은 얼굴에는
영혼 대신 페인트를 바른
하나의 표정
하나의 표면

이 넓은 밤은 누구의 빈집일까

발견되고 싶어서
뛰어내린 바닥에는 어째서 아직 닿지 않는 걸까

그러니까 내가 나를 물고 놓지 않는다면
조금은 더
너랑 살 수 있겠지만

어쩌면 너무 분명한

나 만지며 너 생각하면
아무래도 몸은 몸이 아닌 거 같아서

기억의 주형 속으로 부어넣은 것들 세워놓으면
새벽의 공원
비를 맞고 온몸이 어두워지는 청동의 사람
금속으로 만든 주름, 백 년을 늙지 않는
어쩌면 너무 분명한
아, 그러니까 어쩌면

멀리서 빛나는 창문이 있었다
그림자가 춤을 추며 불빛을 흔들 때
내게도 움직이는 음악을 따라
어설프게 흉내하는 사람의 동작이 있었다

나를 잘라 팔면 돼
울지 마

서러운 들개의 굶주린 동공
하늘인 줄 알고 유리창에 부리를 처박는 새
취객의 지갑을 훔치려다 목을 조른
한밤의 달빛
도시를 집어먹는 강물과

물에서 구하지 못한 아이들
책임질 수 없는 일들이 목격자를 만들 때
목격하는 내가 목격될까봐 영혼을 숨겨버린 그때

탕진한 것이 무엇입니까
벌에 벌을 더하고 더하다가
지은 죄보다 많은 삶을 살 것만 같은데
그래서, 여기 서서
형상으로 만든 침묵을 살았는데

발치에 꽃을 두고 사라지는 누군가
그 뒷면을 오래 보면
길고 어두운 모양이 눈동자로 옮겨 붙는다
이제 마음도 구체적으로 사라질 차례

팔을 떼어 녹였다
귀와 코를 잘라주었다
왼발은 왼발 없는 자에게 건네고
피부를 빵으로 바꾸어 먹였다

울지 마, 라는 말을
몸을 잘라 해야 하는 사람

너를 생각하면
나를 만질 때마다
아무래도 살았다는 게 살 수가 없어서

섬집아기
—2014. 4. 16.

혼자 집을 지키며 울지 마라
까치발 들어 밖을 보다가
맨발에 물을 묻힌 아이야
낮달에 손가락 걸고
밤아 오지 말라고 약속한 아이야
깜빡 꿈을 꾸다
먼 지평선이 옮겨 붙어
두 눈을 가늘게 감아버린 아이야
웅크려 발톱을 만지는 사이
어깨 위로 갈매기 앉았다 가고
입김 가득 불어놓은 창문에
언 뺨을 비비며 몸 녹이는 아이야
그래서 얼굴 가득 황혼을 묻혀버린
잠든 아이의 영원한 저녁아

바다야, 바다야
잘 시간 오지 않은 아이에게 자장가를 부르지 마라
그늘에서 굴 따던 엄마
모랫길을 뛰어가다
넘어진다

누군가 두고 가버린

이것은 심장?
아니, 빨간, 너무나 빨간 파프리카

탱글탱글 햇빛이 미끄러지는
싱싱한 체육
흙과 물을 섞어 먹고
초록, 초록에서 검정이 되었다가
가장 밝은 힘줄이 열릴 때까지
색채에서 어둠을 빼는
둘레, 쪽창 가득 굵은
연둣빛 꼭지를 연결하고
터져나온 석양을 수혈받는
빨강, 흘러넘쳐 빨간 식탁
공간의 윤곽을 따라
현관을 향해 사물들의 그림자가 길어지고
이빨이 새겨놓은 하얀 실금들이
백발처럼 도드라지는 수저통 속 숟가락들
접시, 끼워놓은 책갈피의 기분으로
건조대 위의 늦은 오침 속으로
눈물자국 섞여 남은 개수대
말라붙은 물때가 선명하게 떠오르는
식사와 식사의 사이, 구부러진 고요
그 중심에서 모든 색깔을 밀고 당기며

새빨갛게 두근거리면서
멈춰 있는, 멈춰 있지 않은

이것은 파프리카?
아니,
누군가 두고 가버린
너무나 붉은

총구에 꽃을

꽃 한 송이 들려 있었다는데요 총을 겨눈 병사 앞으로 소녀는 차분히 걸어왔다는데요 병사가 소대장을 힐끔거렸지만 어쩔 줄 모르고 소녀가 자꾸 걸어왔다는데요

이것은 기억입니다
슬픔입니다
만들어진 아픔입니다

도저히 이해할 수가 없어, 여전히 아파서 우는 사람들을 둘러싼 광장의 굿판, 조롱의 기쁨으로 행진하는 광화문의 미친 복판에서 너를 찾고 있었다
통곡 소리와 풍물놀이 가운데서 찌그러들며 어디야, 어디에 있어, 통화가 끊길 때마다 세상의 어느 한 부분도 끊어지고 이어지고, 희박해지고

이것은 기억입니다
환멸입니다
만들어진 증오입니다

느린 속도로 아주 점진적으로 걸어간다, 걸어온다, 횡단보도를 건너지 못하고 이쪽과 저쪽도 아니고 애매하게 멈춘 사람들은 할말을 잃고 있다 만나지도 못하고 떠나지도 못하는 울음과 웃음 속에서 표정은 얼굴 모양으로 새카맣게 구

멍이 되어가는데

　눈도 아니고 코도 아니고 그렇다고 귀도 아니고 입도 아닌
내게서 나쁘고 따갑고 시끄럽게 기어올라온다, 사람은 아니
다, 사람이 아니다,

　찾았다,
　뒤에서 나타난 네가 와락 목덜미를 잡는다 내 얼굴에 네
얼굴을 들이밀고 환하게 웃는다 내 얼굴에 네 얼굴을 집어
넣는다 슬프고 좋은 향기가 났다 어디선가 나를 누르던 손
가락이 조용히 힘을 빼는 게 느껴졌다 우리는 그곳을 떠났
고 서둘러 인간의 표정이 되었다 그러나 여전히 나는 누군
가를 힐끔거리고 있었다

깨끗한 애정

물은 빛에게만 혈관을 빌려준다
반짝거리는 모든 세상에는 좋은 슬픔이 있었을 거다

쌀밥 대신 백설기를 나눠 먹으면서 숟가락이 필요 없는 아침, 졸린 눈과 졸린 입으로 나란히 앉아 떡을 떼어줄 때 몸을 나눠준다는 생각, 시간이 창백하게 마른 소리를 내며 아름답지, 따위의 말을 하고 싶었으나 불가결한 침묵으로 반사하는 무언가, 행복이라고 하자 우리는 행복하므로 이곳은 좀 어두워져도 될 텐데, 말없이 떡을 씹으면 씹을 때마다 집 안의 햇볕이 한입씩 줄어들었다 마음이 있었고 마음이 없어진 곳에 생긴 마음 같은 것이 있었고 우리는 점점 간결한 식사로 하루를 시작한다 떡을 떼어줄 때마다 벽이 뒤틀리는 소리가 난다 떡의 단면은 절벽의 모양이구나, 다 먹은 네가 옷을 벗고 욕조에 물을 채운다 어느새 벌써 저녁이 되었나, 어둔 집안을 걸어 욕조에 몸을 넣는다 머리끝까지 넣고 너는 욕조 속으로 사라진다 너는 사라졌다 별안간 욕조에서 빛이 흘러넘친다 빛으로 바닥이 젖는다 너는 없고 배가 부른 어느 날 나에겐 나쁜 기쁨이 있었다

꽃

누가, 아주 잠깐 만지고 간 거라고

꽃이 피었습니다
꽃이 자꾸 피었습니다

전부 죽고
다시 사는데

누가 꽃이 되었을까요

3부

아름다운 마음들이 여기 있겠습니다

한겨울의 조타수

건조한 악몽에 촛불을 켜기 위해
성냥을 두고 싸우듯이 보여
지도가 망가진 배 위에서 우리는

냄새나는 모포를 뒤집어쓰고
냉동창고 속에 숨어 모닥불을 피운 사람들
바닥을 긁는 소리가 빙하의 손가락 같은데
무언가 끝장나게 하는 게 증오도 아니고 공포도 아니고
굶주림이라면
표류의 책임을 묻는 사람들이
서로 다른 허공을 향해 삿대질을 할 때
바닷물을 퍼먹는 사람들
이빨이 부러지도록 몸을 깨물다 얼어붙는
잠든 연인의 입속으로 과자 부스러기를 모아 넣으며 우
는 사람들
마지막 빵의 썩지 않은 부분을 아이에게 물리고 곰팡이
를 집어먹는
참다못해 타고 있는 장작을 그대로 끌어안는 사람들
입김으로 가족의 언 발을 씻기는 사람들

소금꽃이 가득 핀 얼굴로
꽃다발을 닮은 표정을 지을 줄 아는
식어가는 손난로를 건네며

조용하고 근사한 자장가를 부를 줄 아는
사람들

열고 나온 갑판 위에서는
햇볕이 뜨거웠다
한 번도 출항한 적 없는
아주 작은 돛단배에서

다시는 아름답지 말자
아름다워지지 말자

이 계절은 다 지났고
사람들은 구출되어
각자의 여름으로 떠났지만

여전히 어떤 사람과 나는 남아서
쇄빙선처럼
얼음의 방향으로 간다

견고한 모든 것은

육체는 영혼의 모형이 아니고

나의 아프던 새가 이젠 아프지 않을 때
사과를 쪼아먹던 부리가 깨지고
발톱과 깃털이 부서질 때

눈을 감는 일과
장례식장에 창문을 만들지 않는 일이
같은 이유라면

나의 영롱한 새, 단 하나뿐이었던
가난하고 멋진 나의 새는
햇빛을 좋아했으니까
구름을 보며 어떤 연습을 하다가도
정갈한 마음을 위해 온몸을 다듬었으니까

오늘밤 당신이 이곳에 있었다
끌어안은 무릎에 이마를 대고
둥글게
자신의 어딘가를 들여다보려는 듯

물이 아닌 곳에서도
자주 가라앉습니다

단단한 공중과
빛의 조련
야경은 핏물 남은 뼈가 가지런히 쏟아진 모양

묻어줄 곳을 찾다가
어두운 지상이 생겼습니다

독 바른 단도를 쥐고 자신의 심장을 겨누듯
밤도 시간의 딱딱한 곳을 향해
초승달을 긋고 있다

그 틈에서
부드럽고 기쁜 날개
늘 고마웠던 나의 여린 날개들이
흩어지고

숭배할 때,
우리는 무엇이든 죽이고 박제할 수 있습니다

낙원

치료가 시작되었다

원을 만들어 앉아주세요 계급과 잘못과 다툼이 없는 관계를 만들어주세요 거기, 조금 더 좁혀주세요 지금은 치유의 시간, 양옆의 형제자매님들과 인사 나눕시다 화평과 축복과 소망을 초대합니다 사랑합니다, 사랑합니다, 우리가 오늘 나눌 이야기는 하늘에서도 들으실 겁니다 함께하신다 하였으니 원의 중앙은 하늘의 자리, 주관자께서 모두를 듣고 위로하실 겁니다 안녕하세요, 시작합니다

골절된 발목을 모르고 걷지 못하겠다고 하는 팔 없는 사람과
자식의 가출이 적힌 편지를 발견 못하고 삼 년째 자식의 죽음이 아픈 맹인과
술을 먹다가 술에 먹혀 술이 미운 폐암 걸린 골초와
돈이 없어 병이 낫지 못한 아내에게 언제나 미안하고 슬픈 도박 중독자와

여러분의 용기에 감사합니다 절실한 고백들이었습니다 이제 우리 기도합시다 걷지 못하는 자의 원인이 하루빨리 밝혀지기를, 떠난 자제의 안식이 부모의 마음에도 안식으로 깃들기를, 술에서 벗어날 수 있는 의지를, 아내를 향한 헌신과 자책에서 희망과 사랑으로 향하기를, 자 이제 눈을 감

고 옆 사람의 손을 잡아봅시다 아름다운 마음들이 여기 있
겠습니다

  우리의 빈틈없는 원은 하늘을 잘 가두었다
  화목하고 안전하고 평화로운 동그라미 속에서
  어린 날개들이 돌아다녔다

  은혜가 저희의 마음에 살게 될 것입니다
  은혜가 저희의 마음에 살게 될 것입니다

  얼굴이 밝아진 자들이 인사를 했다
  악수를 나누며 깃털을 닮은 먼지를 털며 나갔다

  모두 괜찮아졌으므로
  다음 치료 시간에 그들은 보이지 않았다

오늘

물을 붓고 자라는 일들을 지켜본다 대기에 비린 냄새 섞일 때 내가 잘라버린 너를 생각한다 이제 사라져도 좋을, 나도 떠나고 너도 떠난 우리의 지난 일들이 녹고 부풀 때 우리는 꿈결 속에서 장미보다 가시로 자라길 원한다 덜컥 걸린 눈물과 비명이 살인을 닮을 때 우리가 하는 일을 철 지난 노래라 하자 잊기 위해 두고 왔는데 두고 와서 잊을 수 없게 된, 거기서, 우리의 모든 창문을 타고 또다시 미끄러져내려올 때 그게 너와 나의 한때, 소나기라고 하자 그리하여 이곳이다 네가 너를 버린 실종의 곳간에서 잃어버린 것들을 다시 잃어버리는 소음을 들으며 여전히 숨어 잠이 드는

X

성호 긋는 법을 제대로 배우지 못했으므로
영혼이 위험할 때는
살갗이 부어오르도록 가슴을 긁어야 하는 줄만 알았다

아침에 일어나보니 아직도 영혼이 아팠다
거울 속 가슴팍에는
옆으로 넘어진 십자가가 빨갛게 부어올라 있었다

고인돌

탁자에 마주앉아
너는 잘못한 일이 없었는데도
불행했다

"나는 못 먹겠어."
내가 건강했으니까
네가 아픈 것 같았다

돌보다 무거운 무언가 있다는 듯
탁자가 부서지고 있었다

균열 속에서는
더 어두운 돌이 흘러나오고 있었다

그림자에도 눈이 부셨다
너무 밝아서
눈을 감아야 했다

탁자는 자꾸 자라서 높아지고
어느 날 우리는 처음 사는 지붕 밑에서
서로를 찾을 수 없는 이유를 몰랐다

잘 모르겠어

잘못을 했어

의자가 없이도
함께 앉아 밥을 먹기 시작했다
먹고 먹어도 모든 게 그대로인
귀신처럼 먹었다

총알개미장갑

나는 사테레 마우에족의 남자. 스무 번의 성인식을 치르네. 개미장갑을 만들어 손을 집어넣는다네. 그 고통은 녹슨 못을 몸으로 받는 일, 담뱃불로 사타구니를 지지는 일과 같네. 의식을 치르는 동안 한줌의 신음도 흘려서는 안 된다네. 일 년에 한 번, 이십 년을 치러야 사냥에 나가는 손이 되네. 어른이 된다네.

우리는 울지 않네. 독침보다 무서운 건 눈물이라지. 멧돼지를 잡을 때나 악어와 싸울 때, 식구가 죽을 때를 위해 스무 번을 미리 운다네. 우리는 안다네. 질병보다 먼저 피에 독을 흘려두는 일, 누구보다 용맹하게 싸운다네. 싸우다 죽어도 우리의 시체를 핥는 적들은 고통스럽게 죽는다네.

바다가 되어버린 친구를 봤네. 그는 견디지 못하고 울어버렸네. 미처 장갑을 벗지 못했지. 눈보다 손이 먼저 부어버렸네. 아무것도 만질 수 없었네. 울면서 떠났다네. 오랫동안 기다리다 떠났네. 그가 흘린 그림자를 만졌다가 나는 그만 죽어버렸네.

사테레 마우에족은 개미장갑을 끼우기 전에 돌고래를 만지게 하네.
죽지 않도록
보는 것만으로도 사랑이 온다는

분홍색 돌고래를 만져야 했다네.   —

끝나지 않는 겨울

카페에 앉아 기다리는 동안
세상이 떨고 있었다

커피 속에서 물의 입자들이 증발하고
자꾸 입김이 나온다
탁자 위에서 휴대폰이 진동한다
오지 않을 당신은 위독하다

혼자 담배를 피우는 건너편 여자는
흔들린다
바닥에 어깨가 떨어진다

창문 밖 벚꽃나무가
가렵다는 듯이 가지를 턴다
가라앉는 저녁과 떠오르는 도시 사이
불빛이 가루가 되어 쓸려다닌다

문이 열릴 때마다 커피를 쏟을 뻔했다
서둘러 빈 잔을 만든다
자리에서 잠깐 일어났을 때
코피가 흘러내리고

바깥보다

안쪽이
조금 더 뜨거워지는 시간

새로 따른 냉수는 떨지 않는다

Kissing a grave

> 최후의 심판을 알리는 나팔 소리가 울리고
> 우리가 반암의 무덤 속에 누워 있을 때
> 로비, 나는 자네에게 몸을 돌리며 속삭이겠네
> 로비, 우린 저 소리를 못 들은 체하세라고*

잔뜩 취해 탄 첫차에서는 사람들 속에서 종종 수치스럽고 동시에 자랑스러웠지만, 집에 와 돌아누운 사람을 보면 수치와 자랑은 망가진 꽃다발이 된다. 냉장고 불빛과 옷 갈아입는 소리마저 재빨리 등뒤로 감추고 싶은데, 오늘따라 나는 왜 자꾸 시끄럽기만 할까.
　사람이 깬 것 같은데

　사람은 둥글다. 불도 켜지 못하고 발소리를 죽인 나는 경건을 오래 연습해왔다. 조용히 이불을 들추자 등에 찍힌 얼룩들이 달빛을 받는다. 손을 넣고 주먹을 쥐었다 펴는 습관이 주머니 속 보풀을 일으키듯, 저 흔적들은 내가 은밀하게 만들었다. 때때로 욕망이었고 위로이기도 한 몸짓으로.

　항상 조문의 형식을 생각했다. 수많은 날, 수많은 자들의 검은 옷과 흰 꽃으로는 나의 애도를 구별할 수 없었고

　이불 속에 들어가 남은 곳을 찾는다. 사람의 뒷모습에 입을 맞추자 한입 크기의 그림자가 늘어난다. 빽빽한 키스 마

크로 저 등이 다 어두워지면 세상이 끝날 수도 있을 것이다.

　그러나 아직은, 아무것도 끝나지 않았다. 둥글게 따라 눕는다. 사람이 내 쪽으로 돌아누워 아무 말 없이 손으로 귀를 막아준다.

* 오스카 와일드의 묘비명.

회색이 될까

하루가 망가졌다고 생각하면
손을 씻었다
시간을 부순 공구가 철로 된 연장은 아니겠지만
마음을 망치는 것들은 피냄새가 나니까

시를 읽는 사람이 무대에 올라
조명을 쐬고 있다
빛과 소리가 섞여 객석으로 넘친다
관객들이 말을 가두고
저녁에게 어둡고 차분한 길을 터주고
종일 무거웠던 목젖을 누르며
걸어 지나가는 목소리

면접관 앞에서 떨었던 오후에는
햇빛에 다른 빛이 들떠 번들거렸다
한참을 걷다가 간이화장실에 들어가
표정에 비누칠을 했다

웃음과 울음이 빠르게 점멸하는 얼굴을
세척하는 박수 소리
낭독자는 인사의 예절로 빛에 머리를 헹군다

빛은

그다음의 빛을 견디기 위해 잘 섞어두려고 했는데

나는 수많은 질문을 놓치고 허튼 대답을 했다
허공에 떠다니는 먼지들의 찬란 속에서
운명을 반사할 별자리의 모양을 찾으려다가

모르겠어요
아무것도 모르겠어요,

가장 아끼던 빛깔을 쏟아버렸다

헌팅트로피

그 봄의 도면에는 슬픔의 위치가 없었고

작은 의자 하나 없이 머리통들이 울고 있습니다
공중에서 벽에 이마를 찧을 때마다 가루가 되는
나와 당신
살려달라고 할까요

날씨는 많이 헐거웠습니다
일찍 얼굴만 내민 계절을
다만 꽃의 잘못으로 이해하기로 했습니다
그날 죽은 꽃잎들을 유리병에 담아 가져왔습니다

체온을 더한다고
한 사람이 두 사람보다 뜨거워지는 일은 아닐 텐데
착각에도 내피가 있어
가끔은 떨지 않고 잘 웃었는데

마음에 근육이 붙고 가죽과 뿔이 덮이면
금방이라도 다시 움직일 것처럼 보이기도 하였는데

깨진 병에서 흘러나온 마른 꽃잎들이
바닥에 붙어 부서지면

아주 오래 봅니다
이 모든 운명을 전부 기념한다는 듯이

꽃이 버린 몸통들이 사방을 뚫고 옵니다
나를 자르러 달려서 옵니다

가족의 방식

어린 노루와 어미 노루 사이에서
막다른 풀숲에서
밤의 일이었다
공포가 무릎을 꺾은 새끼는 두고
어미만 물어 끌고 왔다
식구들이 남긴 뼈를 바라보기만 하다가
한입도 먹지 않다가
동굴의 습기를 핥으며
몸을 달래는 늑대가 있었다

잘 모르겠으니까
모르는 서러움인데

신체는 사람의 가장 정확한 부분
사라지는 걸까 투명해지는 걸까, 네가
아침마다 무게를 재며 울어서
체중계를 버렸다

삶이 다하면 영혼은 생명을 불어넣어준 처음에게로 가며
그다음에는 자유로워져서 모든 곳에 있게 되고 모든 자연물
들 속에 널리 존재하게 된다고

그렇게 만들어지는 건

만질 수가 없는데
붙잡을 수 있었다

어느 날
또렷하게 보이는데
빈집이라는 걸 알았을 때

처음부터 지금까지 벽을 핥아서
모조리 반짝거리는 사방으로 형상을 숨긴
찢어지고 닳아버린 혀를 감춘

우리가 우울한 짐승이라면
용서할지도 모르겠어

그렇게 매일
먹다 남은 빛이 있었다

가만히 웃거나 우는

사라지기 위해, 사라지지 않기 위해 쓴다고 했다. 아름답자고, 추악해지자고, 자유와 자유의 실패 속에서 자란다고도, 죽는다고도, 아무것도 아니라고도. 인간의 안쪽으로, 바깥쪽으로, 한 손에는 모래 한줌, 한 손에는 온 우주를 쥐고 똑바로 걸어가는 거라고도 했다.

꽃을 샀다가 서둘러 탄 막차 속에서 망가져버렸다. 차마 버리지 못했다. 등뒤로 감추고 돌아왔는데 이런 예쁜 꽃다발을 어디서 가져왔느냐고 환하게 웃는 사람이 있었다. 그 얼굴을 보면서 아주 오래도록, 가만히 있고 싶었다. 그러지 못했다.

어떤 균형으로만 위태롭게 서서 만나게 되는 무언가. 찰나에 마주서서 가만히 웃거나 우는, 어쩌면 그게 내가 하는 전부와 하고 싶은 전부가 아닐까, 절반은 알고 절반은 모르고

아주 가끔씩만 희망도 절망도 아닐 수 있었다.

미래의 시인

　화살이 날아와 박히기 전부터 시인의 안에는 화살촉만큼의 틈이 있었다. 시인은 먹을 때와 입을 때와 잘 때, 화장실에서조차도 시인을 뒤집어썼다. 눈을 뜨면 온몸에 낯선 박동이 남았다가 사라졌다. *보편은 시인답지 못한 일이다*, 그러자 시인은 아무도 몰래 편식하는 영혼이 되었다. 주머니 속에 손을 넣고 걸으면 아무것도 주울 필요 없는 사람으로 보이지, 시인은 시인을 멋지게 물고 연기를 뿜었다. 때로는 다정한 감각을 가지기도 했다. 시인은 시간이 지날수록 입속에 보풀이 일었다. 방으로 돌아온 시인에게서 시인들이 뛰쳐나왔다. 시인들은 시인을 두들겨팼다. 오래 맞은 시인은 단단해졌다. 시인은 다른 시인의 속으로 들어갔다. 거기서 시인이 아닌 시인을 때리기 시작했다. *시인은 사랑으로 폭력을 초월하는 자다*, 들뜬 눈물은 너무나 눈물다웠다. 시인의 안에는 시인 모양의 틈이 있었다. 시인이 아니고서는 시인일 수 없었다. 시인의 자식이 시인을 죽이러 오고 있었다. 비열하고 난폭한 자식을 칭찬하며, 시인은 시인을 늘려 자식에게 입혀주었다. 천사에게 천사성보다 중요한 건 순백의 날개라고 가르쳐주면서.

일곱 살

깨뜨린 무릎을 모아서 자랐다면 내 키는 조금 더 커졌을 거야 두발자전거에 끝내 보조바퀴를 달고 너를 처음 뒤에 앉혀 달린 골목, 헝클어진 길을 뜯어 풀며 굴린 자전거가 무서운 건지 어깨를 붙잡은 손이 떨리고 아주 멀리 가고 싶은데 그만 가자, 집에 가자, 칭얼대는 너를 끌고 대문 앞에 내렸을 때 발가락에서 피를 흘리는 너는 울지 않았지 체인에 얽혀 뽑혀나간 엄지발톱, 혼나도 울지 않던 네가 붕대를 감는 저녁, 자전거로 풀어헤친 길에 나를 가득 쏟아놓고 새벽까지 골목을 돌아다녔지 발톱을 찾으려고, 잃어버린 신발은 찾았는데 발톱이 없어 엄마, 다시 붙여야 되는데 없어 엄마, 노란 슬리퍼를 들고 울음 터진 내가 늦게 들어왔다고 매를 맞고 있어도 너는 울지 않았지, 퉁퉁 부은 발을 절뚝거리며 자전거 타자, 그래도 타자, 한동안 쳐다보지도 않은 자전거를 끌고 나오는데 쫓아나오는 네가 미워서 도망가는데, 내가 올 때까지, 다시 돌아올 때까지, 너는 울었지 그제야 터진 울음소리 때문에 다시는 자전거를 타지 않았지 발톱이 자랄 때까지, 네가 자랄 때까지, 나는 길을 아주 오래 감고 다녔지 세상의 모든 바닥을 살펴보려고 거기에 울지 않는 네가 아직도 울지 않고 떨고만 있을 것 같아서

와디 럼*

솥과 프라이팬
짝이 없고 구부러진 포크와 나이프
이것저것 담긴 수레에는 깨진 유리병
금을 잔뜩 담아 기르는 그 병을 끌어안고 파는 아이

냄비는 길들입니다
강인한 불에 자갈을 볶아
쇠의 틈을 닫습니다

사망이 빈번한 황무지를 사막이라고 합니다
묘지 위에 세웠다는 시장 입구에서
수레에 자신을 담아 파는 아이가 보이십니까
단단하게 조인 입술 위에서
목숨에 불질을 하는 저 더러운 아이는 누구입니까

빛을 담았어
당신에게 주려고 했어
내게 가장 밝은 것은
두들겨맞아 부서지고
피멍 든 채 절뚝거렸으므로
그걸 담아 팔려고 했어

아이는 사람의 행렬을 따라갑니다

사용할 수 없는 물건과
필요하지 않은 영혼을 끌고
한줌의 음식과 한 모금의 물을 얻기 위해
수레바퀴가 모래에 삐뚤어진 길을 긋습니다

상인들이 돌을 던지고
여행객은 잡고 있던 손을 풀어
악취에 코를 막고
트럭이 경적을 지르며 일으킨 먼지가 온몸에 달라붙을 때

이마에서 흐르는 피를 닦는 아이가
석양을 찢으며 사라집니다

당신은
절실한 부모가 되기 위해
저를 버리기도 하십니까

하루를 다시 시작합니다
나의 입구에는 어제 팔지 못한
조용한 화병이 놓여 있습니다

* 요르단의 붉은 사막.

4부

울지 않는 것은 아니다

만남

외투 속
맞잡은 손
숨기고 나면
예쁜 매듭이었다

이제 내 주머니들 속에서는
잘린 손들만 가득
꿈틀거리며
팔목을 잡는다

아직
따뜻하다

혼자서도
가장 뜨거운 리본을 만들 수 있다

발레리나

부슬비는 계절이 체중을 줄인 흔적이다
비가 온다,
길바닥을 보고 알았다
당신의 발목을 보고 알았다
부서지고 있었다
사람이 넘어졌다 일어나는 몸짓이 처음 춤이라 불렸고
바람을 따라 한 모양새였다
날씨는 가벼워지고 싶을 때 슬쩍 발목을 내민다
당신도 몰래 발 내밀고 잔다
이불 바깥으로 나가고 싶은 듯이
길이 반짝거리고 있다
아침에 보니 당신의 맨발이 반짝거린다
간밤에 어딘가 걸어간 것 같은데
바람이 부는 방향으로 돌았다고 한다
맨발로 춤을 췄다고 한다
발롱!* 더 높게 발롱!
한 번의 착지를 위해 수많은 추락을!
당신이 자꾸만 가여워지고 있다

* 발레의 점프 동작.

주인 없는 개

자신을 버리고 있는 중이거나
시간에게라도 버려졌거나
따라갈 뒷모습을 찾고 있다는 듯이
제자리에 오랫동안 있는 것들은

무조건 반대 방향으로 걷는 중이었다
도망치는 사람으로 보이려고

나를 따라서 교차로를 건너는 물체가 있다
끝까지 따라오고 있다
요란하게 빗금을 그어 발길을 막는 경적 소리
작고 굶주린 개는 인간의 규칙을 모르고
놀라서 뒤를 돌아봤을 때
뒤에 있었다

거꾸로 시작해서 다시 처음을 만나는
끝을 끝으로 만드는 일에서는
한 번도 같은 버스를 탄 적이 없고

개는 아무것도 몰랐으므로
따라가느라, 따라오느라
죽을 수가 없었다

가는 길과
오는 길
구분되지 않는데

뒤를 돌아봤을 때
뒤에 있었다

귀엽고 슬픈 개를
품에 안고 돌아왔다

자동 나비

장난감을 굴리는 꼬마는
따르릉 소리를 내며 공원을 날아다니고
놓쳤다

사라졌다

손잡이 달린 플라스틱 나비는
어설픈 저공비행으로도
나의 가장 어린아이를 훔쳐갔다

지구 반대편에 있어도 사라지지 않는 것과
바로 옆에서도 소멸하는 것 사이에서
우물쭈물 거리를 재려다가
모든 외출을 취소하고 싶기도 했는데

도와주세요,
잃어버린 나의 아이는
나비를 밀며 떠났습니다

다시 돌아간 공원은
군중의 취기 속에서 무한하게 길어지고 있었다
꽃이 죽는 밤이 밀려오고
아무도 듣지 않았다

그러므로 이제
날아가는 것을 바라보는 법을 알지만

어느 날 네가 망가진 날개를 들고 서 있겠으니
다시 만날 때까지
숨은 낮게 두근거리겠고
기억은 가두는 일만 하다가 문을 잃겠다

숨은 방

고양이가 침대 밑에서 죽은 이후로
엎드려 자다가 손을 떨어뜨리면
그림자에서 꼬리가 튀어나와 훑고 지나간다

창틀에서 뛰어내릴 때마다
부드러운 등뼈가
조용한 자세를 완성하듯
잠은 바닥으로 가라앉으며
꿈을 연습하고

속으로 차곡차곡
그늘을 눌러 모아
골격보다 골밀도가 더 큰
행성

내가 나를 감춘 자리 위에
또다시 누군가 엎드려 있기 위해
목숨을 평평하게 무두질하는

또 어딘가
세상이 숨긴 방

가만히 몸을 걷어낸 고양이가

밤마다 내게 뛰어들어와
눈꺼풀 속 빛을 조금 떼어 물고
나보다 높은 곳으로 오르고, 오르는

탈피의 역순

뱀을 사랑했던 사람이 날마다 뱀을 끌어안고 잤다
뱀은 온몸의 굴곡을 따라 꼭 맞았다
침대 안에서 꿈은 공평했고
각자의 온도가 높낮이를 구부려 맞출 때
따뜻하다고
단단하다고
빈틈없는 부드러움이 운명의 모양인 줄만 알았고

뱀이 지나간 거실
뱀의 허물이 또하나 늘었다
이곳의 바닥에서
꼭 자신도 언젠가 한 번쯤
아무것도 달라지지 않은 채 무언가 벗고 싶었는데

사람은 자신의 둘레를 밀착하는 일로
뱀의 전부를 끌어안고 있다고 믿었다
믿음은 촉감의 크기로 충만했다

어느 날부턴가 뱀이 먹이를 먹지 않았다
아픈 뱀을 사람은 매일 안아 길렀다
옆으로 누워 머리에 입을 대고
발가락으로 꼬리를 간질여주면서

뱀은 먹이를 먹기 전
몸을 대어 길이를 잰다
삼킬 수 있는지 없는지
몸통을 늘려 재어본다

사람은 알고 있었다
아주 차분하게 눈을 감고서
이미 알고 있었다

바늘 뽑힌 저울에게는

가시를 삼킨 듯
기침을 하며
여기로 기우는지 저기로 기우는지
벌린 두 팔을 빼앗기고

넘어지는 쪽에는 사냥꾼의 올무가 있고
아주 가끔, 가운데서 멈춰 있는 동안은
누군가의 식탁에서 멀어져 있는 잠깐일 뿐
잡혔다가 돌아오는 일의 반복이
심장의 원리라는 걸 알았다

놓거나
쥐거나

그러다 손을 목구멍에 집어넣고
부러트려 꺼내보면
빨간 고드름이 손바닥 위에서 금방 녹았다

왜 자꾸
바늘은 자라는가
무덤을 뾰족하게 세울 수도 없을 텐데

쉴새없이 반원을 그리며

여기서도 저기서도 온몸으로 엎어지며
이마에 적어놓은 편지들이 유서가 되는 일

하나의 피뢰침으로 슬픔을 몰아 받는 일이라고
기어코 사라져버린 사람이 말했다

오후 네시

어느 날
마음이 먼저 죽는 날이 올 거다

어떤 어깨
오른쪽으로 가방을 메는 사람에게는
왼손을 비워두어야 했던 이유가 있었을 거다

풍경에 길들여진 얼굴은
지하철에서도 자꾸 고개를 돌려
창밖을 본다

물건을 오래 쓰고 고쳐 쓰다보면
흔적을 사용하는 방법을 알게 된다

처음 빙판을 걸었을 때
보폭을 망가뜨리는 일이 즐거웠다
둘 다 서투니까
손을 놓을 수 없으니까
자꾸 같이 넘어지면
먼저 일어나서 일으켜주고 싶어지니까

내가 아는 속기사는 형편없는 기억력을 가졌는데
병실에 누워 의식이 부서질 때도

옆 침대에서 들리는 유언을 받아 적었다

그 병실에는 아무도 없었는데

어떤 첼로
마찰을 지속하지 않은 현은
아무도 건들지 않는 거실 구석에서
음과 음의 기억을 떠돌다가
한 번도 내보지 못한 고음을 내며
펑, 끊어지기도 한다

믿음도 연습이야
그 단 한 마디에 구원을 버린 적이 있다

그러니까 어느 날
무언가 먼저 죽는 날이 올 거다
그래도 우리는
살아 있어서 유능할 것이다

몸의 착각으로 만들어진 마음이 있는 것처럼
오늘도 오후 네시가 지나간다

글러브 데이즈

당신과 깍지를 끼면
다섯 개의 손가락보다 더 많은 손가락을 가질 수 있었죠
서로의 악력에 익숙해진 걸까
마음을 귀로 듣지 않아도 될 만큼

다섯 손가락 원래대로 다 달려 있는데
움켜쥐어도 벌어져 있는 느낌
그 사이로 손금이 흘러나오는 이유는

떨어뜨려서 깨뜨리지 않는
즐거운 날들이 회복되었어요
비밀을 말해주어도 새지 않을 만큼
다시 단단해졌어요

(나는 나의 꼬리를 깨물고
더 완벽한 원이 되길 원해)

힘껏 웃었는데
웃음에서 부러지는 소리가 나고
난데없이 울었어요
사람들이 허공에 튀어나온 투명한 뼛조각에 기겁했고

어긋난 표정을 펼쳐보니

손톱 모양으로 피가 맺힌 저 안쪽은
저 손금은

사라지는 게 아니었구나

하나씩, 하나씩
구부러뜨리고 있을 뿐

실밥이 다 터져나온 물골
나는 나를 조각조각 뜯어 풀고
입김을 불고 있어요

작은 주먹들이 날아다니며
공기가 푸르스름하게 붓는 시간

다시 테이핑을 하듯
입꼬리를 길게 뽑는
아침

생일

집에 불을 켜자
집은 없고 집의 그늘만 있다

멍하니 서 있는데
바닥에서 무언가 반짝거린다

물이 물에게로
돌아갔다

박하사탕

무언가 잃어버렸던 것만 같은데, 점점 부풀고 혀가 따갑고 할말이 있는 기분과 하지 못하는 말을 가진 기분은 같은 통증을 나눠 쓰네요, 흰옷과 검은 옷을 같이 빨았어요, 망가진 우산이 왼쪽을 적시니까 왼손으로 들었더니 오른쪽도 젖고, 냄비 속에 소금 대신 설탕을 넣었네요, 버스를 반대로 탔습니다, 오늘도 전화기를 들었다가 내려놓고, 나와 당신이 집었다가 엎어놓는 하루도 항상 엇갈리겠죠, 사라지지 않는 달을 매일 녹여 먹으며 자꾸 열리고 닫히는 하늘은 누구의 입천장을 닮았는지, 우리는 서로가 없이도 자꾸만 자랄 수 있는지, 사탕처럼 물고 다닌 한낮, 식후에 적당히 먹다 뱉은 기분은 누가 다시 물고 가는지, 왜 우리는 어디에 들어갔다 나와서 맵고 달콤하게, 사라져버렸는지

추억과 추악

팔이 잘리면 팔이 죽고
다리가 잘리면 다리가 죽고
몸통은 죽지 않는다

후회는
지키지 않은 약속의 잘려나간 부분들로 만들어지므로
한밤중의 이불 속에서 섬뜩하게 튀어나오고

놀이터에서 시작한 마음이 놀이터에서 끝났을 때
우리가 미끄럼틀 옆에 설치된
시간이 타고 놀다 끊어져버린 그네라는 걸 알았다

단지 불편하고
불쌍할 뿐

끝나고 나서도 끝나지 않는다는
너무 많은 아름다움을 만들었고

내가 버린 입술이 스스로
다시 입맞추러 다가오는 꿈

너는
너의 괴사한 부분

아직 있다고 생각했다
하늘이 낮밤을 반복해
하루하루의 공기를 도려내듯이

빨랫대를 보고 말했지

버려야 할 것을 왜 걸어놨냐고
지금은 구멍난 팬티가 널린 시간

몸은 하루에 십만 개의 세포가 죽는다
저 팬티는 삼 년 동안 낡은 육체
실밥이 분열을 거듭하는 동안
허리둘레에 대한 기억을 끝없이 지우는 동안
어떤 헤어짐은 끝내 남아 성장해버린 팬티

너는 말했지
빨래는 햇빛에 닳아버린 몸
침대 속에서 서로의 늘어난 부분을 감싸안는다고
사과를 서툴게 깎듯 군데군데 옷을 떨어뜨리고
거리의 불빛 배어 누렇게 멍든 살을 씻어내면
가장 편한 육체이고 싶은 너의 습관

팬티는 너보다 크게 늘어났다가
숨 조이지 않을 만큼 줄어드는 탄력을 배운 것

그러니 구멍도 무늬가 된다
이만큼이나 편한 팬티는 없다
입었다 벗고 다시 입고 벗었으므로
두 몸은 떨어져 있어도 한 몸의 시간을 살고 있다고

색 바랜 팬티를 입으며 웃는 너
너의 늑골이 빨랫대를 닮았다는 생각

아베마리아

얼음이 녹으면서 컵에 남긴 자국들은 공기의 살갗이라죠
시원하다, 두 손으로 차가운 컵을 쥐고 이마에 문지르며
눈썹이 젖어 서럽다
기쁜 마리아, 이제 없을 여름아
그 순간 나는 내 삶 그만 살자 생각했죠
당신이 더운 쇄골을 따라 훔쳐낼 때 매달린
땀방울 속 빛을 기었어요
순진한 무릎으로 기도를 빛내면 전구가 될까
그러나 마리아, 어둠이 무언가를 보게 할 수도 있나요
벽돌 한 칸 빠진 건물 기둥에서
긴급하지 않은 위태로움 속에서
무너진다, 무너지지 않는다
멍청한 희망으로 시곗바늘을 돌려 도망친 숲속
들짐승처럼 둘러싼 슬픔을 깨달았을 때
다쳐서 흘러나온 사람에서는
우유 냄새가 난다는 걸 알았죠
그날의 빛, 이제 없는 마리아
혼자서도 단단하고 차가운 컵을 쥐면
작고 미끄러운 미간을 만지는 기분
또다시 눈을 뜨면
반짝거리는 눈썹 한 쌍
허공을 문지르며 젖은 햇빛을 닦아주고 싶은 아침
그 순간 나는 내 삶 살 수 없다 생각했죠

가을의 풍부한 사방을 아무리 돌려 세워도
나타난다, 나타나지 않는
마리아, 사람은 왜 만질 수 없는 날씨를 살게 되나요

선한 종말

꽃잎 줍는 사람이 있어

그림자는 빛의 진행 방향으로 뻗는다
모르고 누워도 다정할 수 있는
우리의 긴 산책은 길을 되감는 방식
자연 그대로인 것은 사이가 좋아 보였다

우리도 그럴 거야
돌려 말한다고 해서 돌려지지 않는 대화가 있다
내가 나에게 속삭이는 마음은 왜
불행한 말들만 있을까

거기에는 이제 없다
사람이 줍는 꽃잎이 있어
봄은 죽은 자를 죽이는 주술을 부리겠지

너는 빈약하다
지도 같은 걸 들고
우리가 어디든 갈 수 있다는 착각이 좋았지

아주 기쁜 날
사람 줍는 꽃잎이 있어

허리를 굽히고
쪼그려앉아서
섣불리 태어난 줄도 모르고
예쁘게 사는 계절

달을 집어가는
저 어둔 손톱
부러뜨리고 싶은 손가락을 가졌다

아홉

너무 쉽게 하는 반성은
꿈을 나쁘게 만든다

슬프지 않다
울지 않는 것은 아니다
아주 잠깐 좋은 사람이 되었다고 생각하면
그날 밤은 그림자가 그림자를
발밑에 두고 갔다

어떤 마지막보다 그 처음을 생각한다
생각이 난다는 건
자꾸 반송되는 주소 하나가 있다는 건
보낸 적이 없는데 돌아오는
이름과 글씨와 창백한 종이들
한 번도 골라본 적 없는 내가 계속 오고 있다는 건

그럴 수 있겠다고
그러면 안 된다고

습관은 시간이 몸에 달아두었다
잘못 열린다
벽과 벽을 붙여 작동시키는 경첩,
기억은 사람을 견디지 못하니까

뛰쳐나가며
마음을 밀어 접는다

그늘이 본체를 잃어버리지 않고
불과 열기와 얼음과 물이 서로를 놓치지 않고
물체가 물체를
사람이 사람을 반사하며
멀어졌다 제자리로 가는 모양들
이어붙이면

팔꿈치를 옆구리에 붙이고 사진을 찍어도
흔들린 필름만이 계속되는 날
미래의 저녁을 한 칸씩 도려 가져와
창문을 막아놓는 암막
입체가 없는 현실이 늘 필요했다고

한 번만 더
기쁜 노래 부를까

축제는 시작하지 않았는데
잔뜩 왔다가 갔다
폭죽이 혼자 터졌고
어지럽게 벽에 묻힌 케이크

넘어진 가구들, 얼굴 없는 기념사진
사라지지 않는 썩은 냄새 속으로
다시 파란 향초를 켜는

이십대,
이 시는 스물아홉 마지막날 쓰인 시

턱뼈에 힘을 주고 고개를 위로 치켜들면
하늘을 가리키는 화살표 모양의 인간이 된다
울지 않는 것은 아니다

후회

매미가 탈피할 때

껍질을 강제로 벗기면 기형이 될 가능성이 높다

잘 벗긴 허물은 선퇴(蟬退)라 하여 약재로 쓰인다

나는 병이 다 나았다

어느 날부턴가 당신이 자주 아프다

해설

**정강이를 부러뜨린 아이는 난파된 배의 조타수가 되어
조난자를 밝은 곳으로, 밝은 곳으로**

선우은실(문학평론가)

시인에게 그의 이십대를 묶은 원고를 부탁한다는 연락을 받고 잠깐 동안 이상한 기분이었다. 공교롭게도 나는 지금 이십대의 끝자락에 와 있고 누군가의 십 년을 넘겨받은 것만 같아 마음이 복잡했다. 이십대라니. 아무래도 이 시집을 읽는 데 이십대는 중요한 열쇠가 될 것 같았다. 시인의 이십대에 대해서는 아는 바가 없다. 그래서 나의 이십대를 생각해보기로 했고, 나의 그것을 이해할 만한 단어를 찾아냈다.

초과 신뢰

언제나의 일상이 그러하듯 내게는 몇 가지 사건이 있었는데, 본질적으로 따지면 이전에 나를 괴롭게 했던 것과 결코 다른 성격의 일이 벌어진 것은 아니었다. 요컨대 그것은 신뢰, 구체적으로는 초과된 신뢰의 문제였다. 모든 일이 정리가 되고 난 뒤 '인간의 마음을 믿고자 했던 우리의 순수함 같은 것이 낳은 결과가 이렇다니' 같은 말을 누군가와 주고받으며 우리는 허탈하게 웃고 말았다. 우리의 대화에서 초과 신뢰는 거창한 무엇이 아니라, 그저 서로에게(어쩌면 상대에게) 최악의 인간만큼은 되지 않기 위해 더이상 신뢰를 보낼 수 없는 관계의 끝에서도 잉여 신뢰를 표하는 것이었다. 좀 쉽게 말해 가망 없는 상대이더라도 예의를 지키는 것 정도라고 할 수 있을까? 초과 신뢰를 보내거나 보내지 않는 일은 실은 의지대로 움직이는 것은 아니었지만, 이십대의 끝자락에서 나는 의지를 겨우 작동시켜 초과 신뢰를 보내는 것이 필요한 경우를 이해할 수 있게 되었다.

믿고 좌절하고 그럼에도 다시 믿는 것이 삶의 연속이고 인생의 전부라면 어느 순간 그 과정에 지치고 진저리가 나서 어찌되든 상관없이 모조리 내버리고 싶은 때를 마주하고 말리라. 좌절 없는 관계는 없고 다만 씩씩하게 다시 무언가를 믿기로 결심하게 되기까지 필요한 시간이나 태도가 삶의 시기마다 조금 다를 뿐이라면, 깊이 앓고 금방 또 누군가를 믿어보고자 하는 씩씩함을 사람들은 '젊음'이라는 이미지로부터 기대하는 것 같다. 이십대를 결코 원숙하다고 할 수는 없겠지만 그 원숙함을 거절할 수 없을 정도의 타격이 오는 시기라 말할 수는 있다. '믿고 좌절하고 다시 믿고 좌절하기'의 반복 속에서 허탈감을 잠시 덮어두거나 피할 수 없음을 마주하는 시기 말이다. 이미 망해버린 것 같은 관계에서마저 초과 신뢰를 보내는 것이 비록 내키지 않음에도, 그렇게 해서 서로에게 나쁜 종류의 인간이 되는 것만큼은 하지 않는 것이 인간에게는 필요하다는 것을 어렴풋이 알게 되었듯이.

나를 견딘다는 것

초과 신뢰를 이해한다는 것은 견디는 것이 시작되었음을 의미한다. 이전에나 이후에나 삶이란 고작 '견디는 것'에 불과한 것일지 모른다. 핵심은 무엇을 어떻게 견딜 것이냐는 점이다. 최현우의 시가 그의 이십대의 부분들을 대변한다고 할 때, 그 시를 나의 삶과 포개어 읽음으로써 '나를 견딘다'는 감각을 시로부터 만져볼 수 있었다. 타인으로부터 끔찍함을 느낀다는 것은 괴로운 일인데, 이것은 실은 타인을 그리 생각하는 자기 자신을 보는 데서 오는 고통스러움이기도 하다. '나'라는 인간이 자기 자신마저도 견디기 어려운 존재라는 사실을 알게 되는 것은 또다른 고통의 시작이다. 나조차 나를 받아주기 힘들다고 느낄 때 모든 게 끝장인 것처럼 생각되지만 세계는 망하지 않고 그런 탓에 좌절은 깊어진다. 타인에게 영원히 이해받지 못하고 버려진 것만 같은, 어딘가 좀 잘못된 존재인 듯한 느낌은 자신을 견디는 것에서 비롯된다.

이러한 '견딤'을 생각하며 「와디 럼」의 일부를 읽는다. 이 시는 시집을 읽는 내내 중요한 역할을 한다.

솥과 프라이팬
짝이 없고 구부러진 포크와 나이프
이것저것 담긴 수레에는 깨진 유리병
금을 잔뜩 담아 기르는 그 병을 끌어안고 파는 아이

냄비는 길들입니다
강인한 불에 자갈을 볶아

쇠의 틈을 닫습니다

사망이 빈번한 황무지를 사막이라고 합니다
(......)
단단하게 조인 입술 위에서
목숨에 불질을 하는 저 더러운 아이는 누구입니까

빛을 담았어
당신에게 주려고 했어
내게 가장 밝은 것은
두들겨맞아 부서지고
피멍 든 채 절뚝거렸으므로
그걸 담아 팔려고 했어

아이는 사람의 행렬을 따라갑니다
사용할 수 없는 물건과
필요하지 않은 영혼을 끌고
한줌의 음식과 한 모금의 물을 얻기 위해

(......)

하루를 다시 시작합니다
나의 입구에는 어제 팔지 못한

조용한 화병이 놓여 있습니다
―「와디 럼」부분

시집을 읽는 동안 '아이'를 종종 마주치게 된다.[1] 이 시집에서 화자(또는 등장인물)가 소년이나 청년이 아니라 아이로 드러나는 것은 주목해야 할 사항 중 하나이다. 아이는 어떤 존재인가? '아이'라는 단어는 소년이나 청년에 비해 그것이 지칭하는 의미의 영역이 넓다. 소년과 청년을 포괄하는 의미에서 '어림'의 이미지를 수용하거니와 모종의 보호가 필요한 존재임을 떠오르게 한다. 아이가 성장하여 어른이 된다는 사실과 더불어 (좋은) 어른으로 무사히 성장하기 위해 아이는 보호나 도움이 필요한 존재이다.

　그런데 「와디 럼」의 "아이"는 보호의 테두리 속에 놓여 있지 않다. "아이"의 소지품은 어디 하나 성한 것이 없고("짝이 없고 구부러진"), "아이"는 "사망이 빈번한 황무지"이자 "사막"으로 추정되는 삭막한 공간의 한가운데서 헤매고 있다. "아이"는 자신의 소중한 것("빛")을 타인에게 건네려고 애쓰지만 그에게 소중한 것은 (타인을 비롯한) 외부 세계에 의해 파괴된다("두들겨맞아 부서지고/ 피멍 든 채 절뚝거렸으므로"). 요컨대 "아이"를 둘러싼 세계는 그에게 혹독한

---

1)「코」「거짓말」「어린아이의 것」「섶집 아기」「자동 나비」등의 시편을 참고할 것.

126

것으로 그려진다. "아이"는 누군가의 소중한 것을 망가뜨리고 그 누구도 구원하거나 보살피지 않는 세계에 놓여 있다. 시인이 자신을 둘러싼 현실의 모습을 "사막"과 같은 이미지로 수용하고 있다는 가정을 받아들인다면 그 속에 놓여 있는 "아이"도 같은 맥락에서 이해할 수 있다. "아이"는 '누군가 이토록 건조한 세계를 헤매고 있는 나를 도와주었으면' 하는 결핍에 의해 요청된 존재로 보인다. 요컨대 좌절스럽고 절망스러워 보이는 상황 안에 어떤 도움을 좀 건네받았으면 하는 마음은 "아이"로 현시된다.

우리는 이러한 절망적 세계 안에서 "아이"의 행보에 더욱 주목해야 한다. "아이"와 동일한 존재로 보아도 문제가 없을 "나"는 오늘의 비극을 겪었음에도 "하루를 다시 시작"하며 "어제 팔지 못한/ 조용한 화병"을 곁에 둔다. "아이"("나")를 둘러싼 환경은 좀처럼 바뀌지 않을지도 모르지만 "아이"는 그러한 것을 모두 인지하고 있음에도 삶을 버려두지 않고 "사람의 행렬을 따라"간다. 언제나처럼 자기의 소중한 것("조용한 화병")을 팔기 위해 "다시" 어딘가를 떠돈다.

이제 우리 앞에 두 가지 질문이 남는다. "아이"는 어째서 떠도는가. 그리고 그 떠돎의 끝에 "아이"는 어떤 사람이 되었는가.

희망은 자기가 가장 되고 싶은 모습이다―떠도는 이유

「와디 럼」과 같이 어딘가 부서져 있는 주체의 모습 및 상실과 고통의 감각은 다른 시에서도 발견된다. "아프던 새가 이젠 아프지 않을 때/ 사과를 쪼아먹던 부리가 깨지고/ 발톱과 깃털이 부서질 때"(「견고한 모든 것은」), "골절된 발목을 모르고 걷지 못하겠다고 하는 팔 없는 사람과/ 자식의 가출이 적힌 편지를 발견 못하고 삼 년째 자식의 죽음이 아픈 맹인"(「낙원」), "너는 잘못한 일이 없었는데도/ 불행했다"(「고인돌」)고 표현된다. 이렇듯 분절된 주체 인식하에서도, 「와디 럼」의 "아이"가 길을 나섰듯 파편화된 세계 속 존재가 오늘을 저버리지 않고 내일을 찾아 나서기로 했다면 그것을 희망이라 말해도 될까. 사람은 어째서 희망을 품고 또 버리며 끝내 버리지 못하는가. 이 모든 행위는 누구를 위한 것이며 어떻게 소용되는가. 희망이란 단지 자기 멋대로 바라는 것일 뿐인지도 모른다. 그렇기에 (동시에) 그러나 희망은 그저 자기가 가장 되고 싶은 모습이다. 희망은 자신이 얻지 못한 형체이며 앞으로도 구하지 못할 수도 있을 어떤 것, 비유컨대 유토피아다. 그것은 영원히 가닿을 수 없다는 점에서 근원적으로 절망적이지만 가장 완벽한 순간/존재/세계를 꿈꾸게 한다는 점에서 언제나 썩썩하며 희망적이다.

잔뜩 취해 탄 첫차에서는 사람들 속에서 종종 수치스럽고 동시에 자랑스러웠지만, 집에 와 돌아누운 사람을 보면 수치와 자랑은 망가진 꽃다발이 된다.

(……)

손을 넣고 주먹을 쥐었다 펴는 습관이 주머니 속 보풀을 일으키듯, 저 흔적들은 내가 은밀하게 만들었다. 때때로 욕망이었고 위로이기도 한 몸짓으로.

(……)

빽빽한 키스 마크로 저 등이 다 어두워지면 세상이 끝날 수도 있을 것이다.

그러나 아직은, 아무것도 끝나지 않았다. 둥글게 따라 눕는다.
　　　　　　　　　　　　　　　—「Kissing a grave」 부분

'좋은 상태'란 늘 상대적이다. 이 시에서 화자가 "취한" 사람들 속에서 "종종 수치스럽고 동시에 자랑스러"울 수 있는 것은 그들과 자신이 상대적으로 다른 상태에 놓여 있다고 여기기 때문이다. 달리 말해 상황은 가치중립적일 수 있

지만 상황 안에 놓인 한 개인은 자기를 근거 삼아 그것을 좋
거나 나쁘게 '판단'한다. '취한 자-취하지 않은 자'의 구도
는 변하지 않는데 수치스러움과 자랑스러움은 이 불변의 상
황 안에서 동시에 발생한다. 여기에서 수치스러움이란 그들
과는 다른 '나'를 상정했다는 데서 오는 죄책감일 수 있고
그렇게 볼 때 "수치"는 "자랑"스러움과 별반 다르지 않다.
즉 저 상황 안에서 수치스러운 자기가 되든 자랑스러운 자
기가 되든 그것은 그가 그렇게 되고자 한 자신의 "욕망"과
"위로"의 결과물이다.

　그의 되고자 하는 것, "욕망"이자 "위로"를 이렇게 짐작
해본다. 이 시는 화자에게 세계의 끝("저 등이 다 어두워지
면 세상이 끝날 수도 있을 것이다")을 상상하게 한다는 점
에서 「와디 럼」과 흡사한 현실감각을 드러낸다. 그 이후에
이어지는 태도 역시 「와디 럼」과 유사하다. "그러나 아직은,
아무것도 끝나지 않았다"는 선언은 「와디 럼」 속 아이가 누
군가에게 전하기 위해 간직한 "화병"과 같다. '변하지 않는
상황'에서 모멸과 긍지를 동시에 느끼는 화자는 이 상황을
타개하기 위해 모멸을 감수하는 긍지를 선택하려는 듯하다.

세계가 아직 끝나지 않았다면—어떤 사람이 되었나

　앞서 살핀 시를 경유하여 이제 "아이"는 세계가 절망적이
지만 좀처럼 망하지는 않을 것임을 알게 되었다. 그는 어떤

존재로 자라났는가.

　건조한 악몽에 촛불을 켜기 위해
　성냥을 두고 싸우듯이 보여
　지도가 망가진 배 위에서 우리는

　냄새나는 모포를 뒤집어쓰고
　냉동창고 속에 숨어 모닥불을 피운 사람들
　바닥을 긁는 소리가 빙하의 손가락 같은데
　무언가 끝장나게 하는 게 증오도 아니고 공포도 아니고
굶주림이라면
　(……)
　잠든 연인의 입속으로 과자 부스러기를 모아 넣으며 우
는 사람들
　마지막 빵의 썩지 않은 부분을 아이에게 물리고 곰팡이
를 집어먹는

　(……)

　꽃다발을 닮은 표정을 지을 줄 아는
　식어가는 손난로를 건네며
　조용하고 근사한 자장가를 부를 줄 아는
　사람들

131

(……)

이 계절은 다 지났고
사람들은 구출되어
각자의 여름으로 떠났지만

여전히 어떤 사람과 나는 남아서
쇄빙선처럼
얼음의 방향으로 간다
—「한겨울의 조타수」 부분

　한줄기 빛도 없는 "악몽" 같은 "지도가 망가진 배" 위에
사람들이 있다. 풍요는커녕 견디는 게 고작인 삶을 유예하
는 처지인 "우리"는 그런 상황에서도 어둡고 차가운 곳("냉
동창고")에 "모닥불"을 피우는 "사람들"이다. 문장의 주어
가 '나'가 아니라 '우리'로 서술되었다는 점은 난파되고 고
립된 곳에 화자가 홀로 있지는 않음을 알리는 단서가 되어
준다. 이들을 구원할 누군가가 오지 않을 것임을 아는, 고립
과 절망이 가득한 상황에서 "무언가가 끝장"날 때 그 끝장
나는 것이 삶이라는 점에서 죽음이 떠오른다. 한편 여기서
'삶이 끝장난다'는 문장을 일종의 비유로 읽어, '인간성'을
잃는다는 의미로 유추할 수 있다. 버티기 위해 인간으로서

지닌 나와 타인과 공동체에게 남은 한줌의 신뢰를 저버리는 것이야 말로 끝장을 초래하는 것이다.

"증오"도 "공포"도 아닌 "굶주림"이 무언가를 끝장낸다는 가정은 인간으로 인정받고 또 대우받고 싶은 결핍감을 저변에 둔다. 오로지 죽음만이 목전에 있는 듯한, 난파된 배 위의 사람들을 보라. 그들은 한줌 인간됨을 버리지 않는다. 죽음에 가까워져가는 "잠든 연인의 입속"에 과자 부스러기를 넣어주고, "마지막 빵의 썩지 않은 부분"을 아이에게 주며, "식어가는 손난로"를 누군가에게 건넨다. 죽음이 코앞에 닥친 상황에서도 타인을 위함으로써 자신의 인간됨을 지키고 그것이 곧 '우리'를 지키는 일이라 확언할 수만 있다면, 세계의 타인(이자 자기 자신)은 황홀하고 우아하며 고귀한 존재임이 분명하다. 실제로 이런 일이 벌어질 수 있는지를 따지는 것은 부차적 문제이다. 중요한 것은 지금 이 시에 그러한 광경이 펼쳐지고 있다는 사실이며, 그러한 상황을 믿는 누군가가 있기에 이 장면이 쓰였다는 점이다. 누군가는 상황의 가능/불가능과 별개로 그렇게 '믿겠다'고 말하고 있다. 이는 「와디 럼」의 "아이"의 태도와 유사하며 그가 자라 '조타수'와 같은 존재가 되었다는 추측에 가능성을 더해준다.

'조타수'는 이윽고 사람들을 구출해낸다. 불가능해 보였던 구원을 가능하게 한다는 점에서 이 장면은 그야말로 희망의 연출이다. 단 최현우의 희망이란 절망과 등을 대고 있다는 점에서 무척 현실적임을 생각하기로 하자. 그는 자기가 믿고 되고자 하는 인간(성)들을 밝고 따뜻한 곳("각자의 여름")으로 보내는 한편 자신은 그곳에 남아 더욱 차가운 곳으로 향한다("어떤 사람과 나는 남아서/ 쇄빙선처럼/ 얼음의 방향으로 간다"). 이 시가 그의 믿음을 은유하고 현시한 모든 연출된 것으로서 한 편의 시라면 이 시에 등장하는 사람들을 시인의 파편적인 모습들이 투영된 존재로 보아도 좋겠다. 자기의 어두운 부분을 부분적으로 밝은 곳에 보낸다고 하더라도 남겨진 어두움의 지형은 여전히 자기 안에 있다. 시인은 어둠을 내치지 않는다. 어떤 것을 밝은 곳으로 보내는 시인의 결정은 자기의 어두운 곳을 버리지 않겠다는 다짐과 공존하기에 더욱 슬프게 다가온다. 동시에 그 슬픔이 단단한 자기 신뢰에서 비롯된 것임을 우리는 「한겨울의 조타수」에서 본다.

남은 자는 어떻게 견뎌왔는가—'아이'가 '조타수'가 되기까지

시가 인간의 내면을 드러내는 것이라면 시에는 자신의 포부는 물론이고 유약하고 절망적인 모습 또한 투영된다. 관건은 자기 안에 있는 '유약한 자기'의 부분을 얼마나 투명하게 드러낼 것이냐는 점이다. 그렇게 볼 때 최현우의 시에서 어찌어찌 잘 집어넣어놓았는데도 비집어져나오는 슬픔은 '어떻게 해도 숨길 수 없음'의 형태를 얻으며 진솔함을 획득한다. 「와디 럼」의 "아이"가 바로 최현우의 여러 목소리 중 '슬픔'을 대변하는 존재이며, 「한겨울의 조타수」에서 '조타수'는 그 "아이"가 어떤 과정을 거쳐 성장한 사람처럼 보인다. 이 시집의 큰 부분에 이와 같은 '아이-조타수'의 태도가 반영되어 있으므로 그들로 대변되는 '슬픔'의 감정을 살핀다.

　그 봄의 도면에는 슬픔의 위치가 없었고

　작은 의자 하나 없이 머리통들이 울고 있습니다
　공중에서 벽에 이마를 찧을 때마다 가루가 되는
　나와 당신
　살려달라고 할까요

　(……)

　체온을 더한다고
　한 사람이 두 사람보다 뜨거워지는 일은 아닐 텐데
　착각에도 내피가 있어
　가끔은 떨지 않고 잘 웃었는데

　마음에 근육이 붙고 가죽과 뼈이 덮이면

금방이라도 다시 움직일 것처럼 보이기도 하였는데

(……)

꽃이 버린 몸통들이 사방을 뚫고 옵니다
나를 자르러 달려서 옵니다

—「헌팅트로피」부분

'슬픔'이라는 단어를 직접적으로 사용하고 있고 몸 하나
의지할 "의자"도 없이 우는 사람들이 등장한다. "살려달라"
고 외치는 대신 "살려달라고 할까요"라는 의문문을 사용하
는 것은 그 넘쳐흐르는 슬픔을 한 차례 꺾어보려는 시인의
방책일 것이다. 왜 그렇게까지 하느냐고 하면 짐작건대 그
것이 시인을 살리는 길이기 때문이다.

이 시에서 유독 눈길을 끄는 것은 "체온을 더한다고/ 한
사람이 두 사람보다 뜨거워지는 일은 아닐 텐데"와 바로 그
뒤에 이어지는 "착각에도 내피가 있어/ 가끔은 떨지 않고
잘 웃었는데" 사이의 간극이다. 끝맺음되지 않은 두 문장이
연달아 이어지고 있어서 그 사이에 어떤 말이 생략된 것처
럼 느껴진다. 만약 두 문장 사이에 어떤 한 문장이 삽입될
수 있다면 다음과 같을 것이다. "체온을 더한다고/ 한 사람
이 두 사람보다 뜨거워지는 일은 아닐 텐데" 그럼에도 그것
을 바란다는 것, 또는 그런 줄 알면서도 "착각"하겠다는 것

이다. 체온을 보태는 행위는 시 속 난처한 상황을 해결할 수 없을 것으로 보인다. 그러나 그것은 다른 종류의 온도를 높이리라 믿겠다는 희망의 발로이다. 설령 그러한 희망에 대한 신뢰가 "착각"이고 '착각인 줄 아는' "내피"를 지녔다고 해도 그는 "가끔"이나마 떨지 않고 웃는다. 이처럼 그의 시에서 곧잘 발견되는 슬픔은 모두가 죽는 결말로 가지 않는다. 이는 비록 울더라도 계속 살겠다는 의지이기에 누군가는 그의 슬픔을 보고도 주저앉지 않을 것이다.

「한겨울의 조타수」에서 난파된 배에 남은 화자에 대해 조금 더 생각해보자. 조난된 배의 '조타수'로 남아 타인에게 여전히 곁을 내어줄 수 있는 자들을 '여름'으로 보내는 것으로 책임을 다한 '나'는 「와디 럼」 속 "아이"의 변주로 읽을 수 있다. 「와디 럼」에서 동이 트면 어디로든 아이를 떠돌도록 만든 이유는, '조타수'가 그러했듯 그곳보다 더 나은 곳으로 갈 수 있기를 바라는 마음에서였을 것이다. 동시에 그 이후에 "아이"가 여전히 자주 좌절하게 될 것임을 예감하게 하고 「한겨울의 조타수」에서 부분적으로 그 예감이 실현된 셈이다.

아이는 사람의 밥과 사람의 말과 사람의 그림자를 따라 했다 (……) 사람은 아이를 데리고 항구로 갔다 방파제에 앉아 별이 떨어졌다던 먼 섬을 가리켰다 고뇌하던 아이는 집으로 돌아오던 길에 발목이 부서졌고 그때 깨달아 매일

바다를 마시고 정강이를 부러뜨려 모아두었다 아이는 자
신의 다리들을 줄로 엮고 모아둔 피부를 바르고 뱃머리를
입술로 장식하여 작은 조각배를 만들 수 있었고 배를 선
물 받은 사람은 기뻐했으나 저어갈 노가 없었다 (……)
상심한 아이는 사람에게서 도망쳐 나는 왜 사람이 아니
냐고 소리지르고 다녔다 (……) 사람은 아이가 먼 섬으
로 갔을 것만 같아 항구에 조각배를 띄우고 그날부터 노
를 젓기 시작했다

—「코」 부분

사막을 헤매던 아이가 어떤 시간을 거쳐 조타수가 되었다
고 할 때, 이 시는 아이가 조타수가 되기 전의 이야기를 보
여주는 듯하다. 「와디 럼」에서 "아이는 사람의 행렬을 따
라"간다는 서술은 "아이"의 꿈이 곧 "사람"이 되는 것이라
읽힌다. 아이가 자라 어른이 된다면 또 모를까 아이가 자
라 사람이 된다는 말은 어딘가 어색하게 느껴지는데, 시인
이 구태여 '어른'이 아닌 "사람"이라는 표현을 쓴 이유가 있
을 것이다.

"아이"가 장차 되고자 한 "사람"은 어떤 존재일까. 「코」에
서 "아이"는 "사람"이 아니었다. 자신이 "사람이 아니"라는
사실은 견딜 수 없는 "상심"을 그에게 안긴다. 그 무렵 "사
람"은 배를 선물 받았지만 노가 없어 어디론가 가지 못한다.
이때 "아이"는 자신이 부러뜨려 모아둔 "정강이"를 노 삼

아 "사람"의 "배"를 타고 어디론가 떠난 것으로 추측된다. 그런데 지금까지의 문장에서 따옴표를 지우고 다시 읽으면 조금 다른 의미 층위가 발견된다.

아이는 사람이 되고 싶어했고 사람의 배, 즉 '사람이라는 배'를 타고 떠난다. 사람이 되기 위해서.

"아이"에게 "사람"이 된다는 것은 자기의 부분을 부러뜨려 내어놓아야 겨우 앞으로 갈 수 있는 수단을 지닌 존재가 됨을 의미하지는 않는가. '사람'이라는 배를 이끌어나가기 위해 자기를 내어놓아야 하는 존재로서 "사람"이 "아이"가 되고 싶어했던 형상으로 보인다.

나아가 '아이＝사람＝조타수'의 등식이 성립된다고 할 때, "아이"는 이미 세계의 절망을 맛보았으며 이제 무엇을 품어야 하는지를 고민하는 "사람"으로 성장했다고 할 수 있다. 사람이 되기 위하여 매번 버려지고 그런 중에도 자기 자신만큼은 버리지 않기 위해서 어디 하나 망가졌더라도 그것을 주워담는 아이의 목표는 결국 누군가를 밝은 곳으로 보내는 것일 테다. 그런 이상 「한겨울의 조타수」에서 사람들을 여름으로 탈출시키고 자신은 그곳에 남은 '조타수'가, 누군가를 밝은 곳으로 보내는 것이 목표였을 "아이"가 성장한 이일 것이란 가정은 설득력을 얻는다. "아이"가 그런 목표를 가진 '사람'으로서 조타수가 되었다면 난파된 뒤 그가 행한 것은 그의 믿음의 행위이기 때문이다.

믿음의 구체적 모습과 관련하여 「지독한 자세」의 일부를

— 참고해본다.

아주 무거운 사랑이라고

(......)

화석, 공포를 허우적거리다가
두 인간이 만들어버린 하얀 양각이
사랑이라고

(......)

조금씩 베어먹으면 오래 먹을 수 있다
그렇게 말하고 전부 남기고 간 사람의 크기만큼
몸을 옆으로 접어 비워둔 침대 위

(......)

지독한 자세
수억만 년 압축한 태양 밑에서
계속 눈을 뜨고 있다는 건

—「지독한 자세」 부분

화자는 "그리스 남부에서 발굴된 남녀" 화석을 관찰하고
있다. 화자는 아주 오랜 시간 동안 서로를 부둥켜안은 채 죽
어 있었을 사람들을 보고, 그들이 어딘가에 묻혀 없어지지
않고 돌출된 육체를 가지고 "양각"으로 드러나고 있으며 그
것을 "사랑"이라 말한다. 화자는 비극적인 죽음 앞에서도
사랑을 '보는' 사람이고 그것에 대해 '말하는' 사람이다. 말
하는 사람이 되기 위해서는 그것들을 보아야 한다. 때문에
조금 괴로울지도 모를 '본다'는 감각은 화자에게는 매우 중
요하게 다가온다. (이 점을 생각하면 「한겨울의 조타수」에
서 사람들이 무사히 건너가는 것을 '보는' 사람이 되는 것을
선택한 '조타수'라는 사람을 더 잘 이해할 수 있다.) 그가 보
는 사랑이란 자신이 가진 것 이상을 내어놓는 것이 아니라
가진 것만큼을 "전부 남"기는 것이다. 딱 자기만큼의 몫을
("전부 남기고 간 사람의 크기"). 그 자신은 그가 보는 "사
랑"과 결코 다르지 않다. "태양 밑에서 계속 눈을 뜨고 있"
는 사람은 '그리스의 두 남녀'일 뿐만 아니라 그것을 계속해
서 보겠다는 화자 자신이 된다. 요컨대 "아이", '조타수'에
이어 이 시의 화자는 뭔가를 보는 것이 뭔가를 누군가를 더
밝은 쪽으로 이끌어낼 수 있다는 믿음을 지니고 있다. 자주
자신의 믿음에 배반당한 사람이 지켜낸 어떤 태도이자 마음
이 이러한 방식의 '신뢰'라면, 그것은 외부에 의해 상하기도
한다는 점에서 물렁하지만 그것을 버리지 않고 또다른 기대
를 건다는 점에서 단단하고 유연하다.

*

　시에서 "아이"가 "사람"을 지향하고 때로 '조타수'가 되
는 것과 같이, 화자가 여러 명으로 분화되어 나타나는 것은
어쩌면 자연스럽다.[2] 시는 언제나 세계와 자아의 대결의 구
도 속에서 읽혀왔지만 '자기' 역시 세계의 일부이고 또 그런
'자기'의 모습이 단 하나만으로 존재하지 않기 때문이다. 가
령 "아이"와 '조타수'가 한 명의 인물이라고 하더라도 그들
의 발화는 단 하나의 줄기로 흡수되지 않는다는 점에서 그
들은 각각 다른 자신이다. 그러한 수많은 자기를 어떻게 감
당할 것이냐는 게 그런 자기들이 있음을 발견한 시절을 지
나온 시인 앞에 놓여 있는 문제일 것이라 생각되는데, 실은
나도 그걸 잘 모르겠다. 우리는 어떻게 해야 하나. '견딤'을
견디는 것이 어려우면 어떻게 해야 하나. 그것을 단번에 돌
파할 방법은 모른다. 그렇지만 그렇게 몇 번씩 꺾이고 난 뒤
에 비록 울음으로 엉망이 된 모습을 하고서라도 다치고 깨
진 여남은 것을 주워 다시 기대를 걸 무언가를 찾아 나선다
는 것은 분명 지금 취할 수 있는 유일한 방법이자 최대의 용

---

　2) 다음 시의 구절을 참고하도록 하자. "없는 아들이 불쑥 말하고/
　　침대에서 튀어나와 현관을 열고 유치원으로 갔다"(「거짓말」), "처
　　음부터/ 당신은 당신이 아니고/ 나는 내가 아니었다"(「각자의 것
　　은 각자에게로」), "내가 늑대 새끼다, 자신의 아비에게 그 말을 듣
　　고 돌아온 아비는 이후로 늑대는 못 하고 개처럼 굴었다."(「만월」)

142

기이다. 도저히 견딜 수 없는 것을 견뎌야만 앞으로의 삶이
지속될 것임을 이십여 년 동안 알게 되었으나 그걸 알고서
도 버텨나가겠다. 이 시집이 이런 것을 말하려는 것이라면
나 역시 조금 더 버텨보겠다고 생각한다. 나의 부분을 내어
주는 것에 대해 비록 삶은 그 어떤 것도 되돌려주리라 보장
하지 않겠지만. 낙관적인 조건도 없이 깨지고 좌절하고 망
가진 뒤에도 다시.

최현우 2014년 조선일보 신춘문예로 등단했다.

문학동네시인선 132

사람은 왜 만질 수 없는 날씨를 살게 되나요

ⓒ 최현우 2020

초판 인쇄 2020년 3월 3일

초판 발행 2020년 3월 10일

지은이 | 최현우

펴낸이 | 염현숙

책임편집 | 김봉곤

편집 | 김영수 강윤정 김민정

디자인 | 수류산방(樹流山房) 본문 디자인 | 유현아

마케팅 | 정민호 박보람 우상욱 안남영

홍보 | 김희숙 김상만 오혜림 지문희 우상희 김현지

제작 | 강신은 김동욱 임현식

제작처 | 영신사

펴낸곳 | (주)문학동네

출판등록 | 1993년 10월 22일 제406-2003-000045호

주소 | 10881 경기도 파주시 회동길 210

전자우편 | editor@munhak.com

대표전화 | 031) 955-8888 팩스 | 031) 955-8855

문의전화 | 031) 955-3576(마케팅), 031) 955-1920(편집)

문학동네카페 | http://cafe.naver.com/mhdn

북클럽문학동네 | http://bookclubmunhak.com

ISBN 978-89-546-7073-9 03810